Der Bücherbär

Comics für Erstleser

Sibylle Gassner
schreibt Sesamstraßen-Drehbücher für Samson, Rumpel, Tiffy & Co. Einen Superfußball wünscht sie sich auch für ihre Tochter Lina und ihren Sohn. Der heißt auch Lasse und ist klasse, meistens.

Peter Nieländer
illustriert Kinderbücher und spielt für sein Leben gern Fußball. Am liebsten mit seinen Freunden Olli und Helmut und seinem eigenen Superfußball.

Dieses Buch gehört:

____

In neuer Rechtschreibung

1. Auflage 1999

Einband und Illustrationen: Peter Nieländer
Gesamtherstellung: Westermann Druck Zwickau GmbH
ISBN 3-401-07772-4

Sibylle Gassner / Peter Nieländer

Lasse und der Superfußball

EDITION BÜCHERBÄR

Das ist Lasse.
Er ist Kapitän
einer Fußballmannschaft.
Und mit der
will er unbedingt
Staffelmeister werden.

Lena Ronaldo ist
Lasses Freundin.
Sie ist die beste Stürmerin
der Mannschaft.
Für ihre Kopfbälle ist sie
berühmt-berüchtigt.

Er sieht aus wie ein Fußball,
ist rund wie ein Fußball
und auch genauso hart …
Aber irgendetwas
stimmt mit diesem
Ball trotzdem nicht.

Inhalt

Lasse kriegt einen Schreck

Kapitän Lasse holt Lena Ronaldo
zum Fußballspiel des Jahres ab.
Er ist ein bisschen spät dran.

Lena hat schreckliches Lampenfieber.
Vor lauter Aufregung …
Mensch, Lena, wir wollen zum Endspiel, nicht zum Fasching.
Oh, äh, ja …
Fertig???
Fix und fertig!

Lasse und Lena Ronaldo müssen sich beeilen.
Was ist los?
Die von Rotweiß Schreckensbach sind los.
Das sind Giganten…

... und jeder weiß,
dass die superfies
spielen.
Schluck
Schnipp
Und wir spielen supergut!

Die anderen warten schon ungeduldig auf Lasse und Lena.
Beim Warmspielen klappt aber auch gar nichts …
Mensch, Deniz!

Nur Lasse ist wie immer in Top-Form.
Aua!
Pass doch auf!
Ohhh, Leute! So gewinnen wir nie!
Sie sind d...d...d...da.

Die gegnerische Mannschaft ist angekommen.
Wir werden Meister!
Ich hab's doch gesagt: Das sind Supermänner!
Jetzt können wir gleich einpacken.

Der Trainer ruft die Mannschaft zum Umziehen.
Gegen die …
… schaffen wir …
… das nie.
Wir werden Meister!
Das glaube ich langsam auch.

Der zwinkernde Ball

Lasse ist wütend.
Nein!
Nein!
Nein!
NEIN!!!
Lena ist die beste Stürmerin, die ich kenne…
…und Deniz hält wie sonst keiner.

Acht Staffelspiele haben wir gewonnen und jetzt sollen wir aufgeben?
NIEMALS!!!
Aber wie sollen wir das gegen die nur schaffen? Wer kann uns helfen?

Da, plötzlich …
Boing
Plopp
Plopp
Plopp

Der Ball fühlt sich irgendwie
zum Schiedsrichter hingezogen.
PLOPP
Da war doch was.
War da was?

Hä?!?
lipp!
Klipp!
D…d…d…du
willst uns helfen?

In der Umkleidekabine rennt Lasse von einem zum anderen.
Wir werden es versuchen!
Wir schaffen es!!!
Wir gewinnen!!!
Wir sind die Besten!
…und der Ball ist auf unserer Seite!

Mit neuem Schwung
stellen sich alle im Kreis auf.
BIZZEL

Lasse spielt klasse

Attacke!!!
Der Ball fliegt unhaltbar auf das linke obere Eck zu.
Aber wie durch ein Wunder…
Hab ich gehalten?

Yippiiii!
Lasses Mannschaft
ist ganz aus dem Häuschen.
Schrott, Schutt und Schande!

Alle Spieler haben wieder Aufstellung genommen.
Foul! Schiedsrichter!
Doch der Schiedsrichter hat nichts gesehen.

Jetzt aber!
Das werden wir ja sehen.
Komm mir vor…
…wie ein Känguru!
Im Strafraum der Rotweißen…
Los, Ball,
ab zu Lena!

Wummmmmm!
1 : 0 für Lasses Mannschaft!
TOOOOR! TOOOOR!
Hier ist eindeutig was faul!!!

Auch in der zweiten Halbzeit foulen die Rotweißen ganz gemein.
Hacke, Backe, Hinterkopf!
Eigentlich ganz gemütlich hier, was?
Ja, wir sollten uns Decken bringen lassen.

Mist!
Kerl!
Aber der Ball…
Wummmmmmm!
TOOOOR! TOOOOR!
2:0 für Lasses Mannschaft.

Der Schlusspfiff ertönt.
Lasses Mannschaft hat gewonnen!
Hurra!!!
Wir sind Staffelmeister!!!
Die haben bestimmt geschummelt.

Du bist schuld.
Bei Fuß, Ball!
Bin ich ballaballa?
ENDE